L'Intruse

Maurice Maeterlinck

P. Lacomblez, Bruxelles, 1903

L'Intruse.

PERSONNAGES

L'Aïeul. (*Il est aveugle.*)

Le Père.

L'Oncle.

Les trois Filles.

La Sœur de Charité.

La Servante.

———

La scène dans les temps modernes.

L'INTRUSE

Une salle assez sombre en un vieux château. Une porte à droite, une porte à gauche et une petite porte masquée, dans un angle. Au fond, des fenêtres à vitraux où domine le vert, et une porte vitrée s'ouvrant sur une terrasse. Une grande horloge flamande dans un coin. Une lampe allumée.

LES TROIS FILLES.

Venez ici, grand-père, asseyez-vous sous la lampe.

L'AÏEUL.

Il me semble qu'il ne fait pas très clair ici.

LE PÈRE.

Allons-nous sur la terrasse, ou restons-nous dans cette chambre ?

L'ONCLE.

Ne vaudrait-il pas mieux rester ici ? Il a plu toute la semaine et ces nuits sont humides et froides.

LA FILLE AÎNÉE.

Il y a des étoiles cependant.

L'ONCLE.

Oh ! les étoiles, ça ne prouve rien.

L'AÏEUL.

Il vaut mieux rester ici, on ne sait pas ce qui peut arriver.

LE PÈRE.

Il ne faut plus avoir d'inquiétudes. Il n'y a plus de danger, elle est sauvée…

L'AÏEUL.

Je crois qu'elle ne va pas bien…

LE PÈRE.

Pourquoi dites-vous cela ?

L'AÏEUL.

J'ai entendu sa voix.

LE PÈRE.

Mais puisque les médecins affirment que nous pouvons être tranquilles…

L'ONCLE.

Vous savez bien que votre beau-père aime à nous inquiéter inutilement.

L'AÏEUL.

Je n'y vois pas comme vous.

L'ONCLE.

Il faut vous en rapporter alors à ceux qui voient. Elle avait très bonne mine cette après-midi. Elle dort profondément, et nous n'allons pas empoisonner la première bonne soirée que le hasard nous donne… Il me semble que nous avons le droit de nous reposer, et même de rire un peu, sans avoir peur, ce soir.

LE PÈRE.

C'est vrai, c'est la première fois que je me sens chez moi, au milieu des miens, depuis cet accouchement terrible.

L'ONCLE.

Une fois que la maladie est entrée dans une maison, on dirait qu'il y a un étranger dans la famille.

LE PÈRE.

Mais alors, on voit aussi qu'en dehors de la famille, il ne faut compter sur personne.

L'ONCLE.

Vous avez bien raison.

L'AÏEUL.

Pourquoi n'ai-je pu voir ma pauvre fille aujourd'hui ?

L'ONCLE.

Vous savez bien que le médecin l'a défendu.

L'AÏEUL.

Je ne sais pas ce qu'il faut que je pense…

L'ONCLE.

Il est inutile de vous inquiéter.

L'AÏEUL, *indiquant la porte à gauche.*

Elle ne peut pas nous entendre ?

LE PÈRE.

Nous ne parlerons pas trop haut ; d'ailleurs la porte est très épaisse, et puis la sœur de charité est avec elle, et nous avertirait si nous faisions trop de bruit.

L'AÏEUL, *indiquant la porte à droite.*

Il ne peut pas nous entendre ?

LE PÈRE.

Non, non.

L'AÏEUL.

Il dort ?

LE PÈRE.

Je suppose que oui.

L'AÏEUL.

Il faudrait aller voir.

L'ONCLE.

Il m'inquiéterait plus que votre femme, ce petit. Voilà plusieurs semaines qu'il est né, et il a remué à peine ; il n'a pas poussé un seul cri jusqu'ici ; on dirait un enfant de cire.

L'AÏEUL.

Je crois qu'il sera sourd, et peut-être muet… Voilà ce que c'est que les mariages consanguins…

Silence réprobateur.

LE PÈRE.

Je lui en veux presque du mal qu'il a fait à sa mère.

L'ONCLE.

Il faut être raisonnable ; ce n'est pas sa faute au pauvre petit. Il est tout seul dans cette chambre ?

LE PÈRE.

Oui, le médecin ne veut plus qu'il reste dans la chambre de sa mère.

L'ONCLE.

Mais la nourrice est avec lui ?

LE PÈRE.

Non, elle est allée se reposer un moment ; elle l'a bien gagné depuis ces derniers jours. — Ursule, va donc voir s'il dort bien.

LA FILLE AÎNÉE

Oui, mon père.

Les trois sœurs se lèvent, et, se tenant par la main,
entrent dans la chambre, à droite.

LE PÈRE.

À quelle heure notre sœur viendra-t-elle ?

L'ONCLE.

Je crois qu'elle viendra vers neuf heures.

LE PÈRE.

Il est neuf heures passées. Je voudrais qu'elle vienne ce soir ; ma femme tient beaucoup à la voir.

L'ONCLE.

Il est certain qu'elle viendra. C'est la première fois qu'elle vienne ici ?

LE PÈRE.

Elle n'est jamais entrée dans la maison.

L'ONCLE.

Il lui est très difficile de quitter son couvent.

LE PÈRE,

Elle sera seule ?

L'ONCLE.

Je pense qu'une des nonnes l'accompagnera. Elles ne peuvent pas sortir seules.

LE PÈRE.

Elle est la supérieure cependant.

L'ONCLE.

La règle est la même pour toutes.

L'AÏEUL.

Vous n'avez plus d'inquiétudes ?

L'ONCLE.

Pourquoi donc aurions-nous des inquiétudes ? Il ne faut plus revenir là-dessus. Il n'y a plus rien à craindre.

L'AÏEUL.

Votre sœur est plus âgée que vous ?

L'ONCLE.

Elle est l'aînée de nous tous.

L'AÏEUL.

Je ne sais pas ce que j'ai ; je ne suis pas tranquille. Je voudrais que votre sœur fût ici.

L'ONCLE.

Elle viendra ; elle l'a promis.

L'AÏEUL.

Je voudrais que cette soirée fût passée !

Rentrent les trois filles…

LE PÈRE.

Il dort ?

LA FILLE AÎNÉE.

Oui, mon père, très profondément.

L'ONCLE.

Qu'allons-nous faire en attendant ?

L'AÏEUL.

En attendant quoi ?

L'ONCLE.

En attendant notre sœur.

LE PÈRE.

Tu ne vois rien venir, Ursule ?

LA FILLE AÎNÉE, *à la fenêtre.*

Non, mon père.

LE PÈRE.

Et dans l'avenue ? — Tu vois l'avenue ?

LA FILLE.

Oui, mon père ; il y a clair de lune, et je vois l'avenue jusqu'aux bois de cyprès.

L'AÏEUL.

Et tu ne vois personne ?

LA FILLE.

Personne, grand-père.

L'ONCLE.

Quel temps fait-il ?

LA FILLE.

Il fait très beau ; entendez-vous les rossignols ?

L'ONCLE.

Oui, oui.

LA FILLE.

Un peu de vent s'élève dans l'avenue.

L'AÏEUL.

Un peu de vent dans l'avenue ?

LA FILLE.

Oui, les arbres tremblent un peu.

L'ONCLE.

C'est étonnant que ma sœur ne soit pas encore ici.

L'AÏEUL.

Je n'entends plus les rossignols.

LA FILLE.

Je crois que quelqu'un est entré dans le jardin, grand-père.

L'AÏEUL.

Qui est-ce ?

LA FILLE.

Je ne sais pas, je ne vois personne.

L'ONCLE.

C'est qu'il n'y a personne.

LA FILLE.

Il doit y avoir quelqu'un dans le jardin ; les rossignols se sont tus tout à coup.

L'AÏEUL.

Je n'entends pas marcher cependant.

LA FILLE.

Il faut que quelqu'un passe près de l'étang, car les cygnes ont peur.

UNE AUTRE FILLE.

Tous les poissons de l'étang plongent subitement.

LE PÈRE.

Tu ne vois personne ?

LA FILLE.

Personne, mon père.

LE PÈRE.

Mais cependant, l'étang est dans le clair de lune…

LA FILLE.

Oui ; je vois que les cygnes ont peur.

L'ONCLE.

Je suis sûr que c'est ma sœur qui les effraie. Elle sera entrée par la petite porte.

LE PÈRE.

Je ne m'explique pas pourquoi les chiens n'aboient point.

LA FILLE.

Je vois le chien de garde tout au fond de sa niche. — Les cygnes vont vers l'autre rive !…

L'ONCLE.

Ils ont peur de ma sœur. Je vais voir. Il appelle. Ma sœur ! ma sœur ! Est-ce toi ? — Il n'y a personne.

LA FILLE.

Je suis sûre que quelqu'un est entré dans le jardin. Vous allez voir.

L'ONCLE.

Mais elle me répondrait !

L'AÏEUL.

Est-ce que les rossignols ne recommencent pas à chanter, Ursule ?

LA FILLE.

Je n'en entends plus un seul dans toute la campagne.

L'AÏEUL.

Il n'y a pas de bruit cependant.

LE PÈRE.

Il y a un silence de mort.

L'AÏEUL.

Il faut que ce soit un inconnu qui les effraie, car si c'était quelqu'un de la maison, ils ne se tairaient pas.

L'ONCLE.

Allez-vous vous occuper des rossignols à présent ?

L'AÏEUL.

Toutes les fenêtres sont-elles ouvertes, Ursule ?

LA FILLE.

La porte vitrée est ouverte, grand-père.

L'AÏEUL.

Il me semble que le froid entre dans la chambre.

LA FILLE.

Il y a un peu de vent dans le jardin, grand-père, et les roses s'effeuillent.

LE PÈRE.

Eh bien, ferme la porte. Il est tard.

LA FILLE.

Oui, mon père. — Je ne peux pas fermer la porte.

LES DEUX AUTRES FILLES.

Nous ne pouvons pas la fermer.

L'AÏEUL.

Qu'y a-t-il donc, mes filles ?

L'ONCLE.

Il ne faut pas dire cela d'une voix extraordinaire. Je vais les aider.

LA FILLE AÎNÉE.

Nous ne parvenons pas à la fermer tout à fait.

L'ONCLE.

C'est à cause de l'humidité. Appuyons ensemble. Il faut qu'il y ait queque chose entre les battants.

LE PÈRE.

Le menuisier l'arrangera demain.

L'AÏEUL.

Est-ce que le menuisier vient demain ?

LA FILLE.

Oui, grand-père, il vient travailler dans la cave.

L'AÏEUL.

Il va faire du bruit dans la maison !…

LA FILLE.

Je lui dirai de travailler doucement.

On entend, tout à coup, le bruit d'une faux qu'on aiguise au dehors.

L'AÏEUL, *tressaillant.*

Oh !

L'ONCLE.

Qu'est-ce que c'est ?

LA FILLE.

Je ne sais pas au juste ; je crois que c'est le jardinier. Je ne vois pas bien, il est dans l'ombre de la maison.

LE PÈRE.

C'est le jardinier qui va faucher.

L'ONCLE.

Il fauche pendant la nuit ?

LE PÈRE.

N'est-ce pas dimanche, demain ? — Oui. — J'ai remarqué que l'herbe était très haute autour de la maison.

L'AÏEUL.

Il me semble que sa faux fait bien du bruit…

LA FILLE.

Il fauche autour de la maison.

L'AÏEUL.

L'aperçois-tu, Ursule ?

LA FILLE.

Non, grand-père, il est dans l'obscurité.

L'AÏEUL.

Je crains qu'il ne réveille ma fille.

L'ONCLE.

Nous l'entendons à peine.

L'AÏEUL.

Moi, je l'entends comme s'il fauchait dans la maison.

L'ONCLE.

La malade ne l'entendra pas ; il n'y a pas de danger.

LE PÈRE.

Il me semble que la lampe ne brûle pas bien ce soir.

L'ONCLE.

Il faudrait y mettre de l'huile.

LE PÈRE.

J'en ai vu mettre ce matin. Elle brûle mal depuis qu'on a fermé la fenêtre.

L'ONCLE.

Je crois que le verre est voilé.

LE PÈRE.

Elle brûlera mieux tout à l'heure.

LA FILLE.

Grand-père s'est endormi. Il n'a pas dormi depuis trois nuits.

LE PÈRE.

Il a eu bien des inquiétudes.

L'ONCLE.

Il s'inquiète toujours outre mesure. Il y a des moments où il ne veut pas entendre raison.

LE PÈRE.

C'est assez excusable à son âge.

L'ONCLE.

Dieu sait où nous en serons à son âge !

LE PÈRE.

Il a près de quatre-vingts ans.

L'ONCLE.

Alors, on a le droit d'être étrange.

LE PÈRE.

Il est comme tous les aveugles.

L'ONCLE.

Ils réfléchissent un peu trop.

LE PÈRE.

Ils ont trop de temps à perdre.

L'ONCLE.

Ils n'ont pas autre chose à faire.

LE PÈRE.

Et puis, ils n'ont aucune distraction.

L'ONCLE.

Cela doit être terrible.

LE PÈRE.

Il paraît qu'on s'y habitue.

L'ONCLE.

Je ne puis me l'imaginer.

LE PÈRE.

Il est certain qu'ils sont à plaindre.

L'ONCLE.

Ne pas savoir où l'on est, ne pas savoir d'où l'on vient, ne pas savoir où l'on va, ne plus distinguer midi de minuit, ni l'été de l'hiver… et toujours ces ténèbres, ces ténèbres… j'aimerais mieux ne plus vivre… Est-ce que c'est absolument incurable ?

LE PÈRE.

Il paraît que oui.

L'ONCLE.

Mais il n'est pas absolument aveugle ?

LE PÈRE.

Il distingue les grandes clartés.

L'ONCLE.

Ayons soin de nos pauvres yeux.

LE PÈRE.

Il a souvent d'étranges idées.

L'ONCLE.

Il y a des moments où il n'est pas amusant.

LE PÈRE.

Il dit absolument tout ce qu'il pense.

L'ONCLE.

Mais autrefois, il n'était pas ainsi ?

LE PÈRE.

Mais non ; dans le temps il était aussi raisonnable que nous ; il ne disait rien d'extraordinaire. Il est vrai qu'Ursule l'encourage un peu trop ; elle répond à toutes ses questions…

L'ONCLE.

Il vaudrait mieux ne pas répondre, c'est lui rendre un mauvais service.

Dix heures sonnent.

L'AÏEUL, *s'éveillant.*

Suis-je tourné vers la porte vitrée ?

LA FILLE.

Vous avez bien dormi, grand-père ?

L'AÏEUL.

25

Suis-je tourné vers la porte vitrée ?

LA FILLE.

Oui, grand-père.

L'AÏEUL.

Il n'y a personne à la porte vitrée ?

LA FILLE.

Mais non, grand-père, je ne vois personne.

L'AÏEUL.

Je croyais que quelqu'un attendait. Il n'est venu personne ?

LA FILLE.

Personne, grand-père.

L'AÏEUL, *à l'oncle et au père.*

Et votre sœur n'est pas venue ?

L'ONCLE.

Il est trop tard ; elle ne viendra plus ; ce n'est pas gentil de sa part.

LE PÈRE.

Elle commence à m'inquiéter.

On entend un bruit, comme de quelqu'un qui entre dans la maison.

L'ONCLE.

Elle est là ! avez-vous entendu ?

LE PÈRE.

Oui ; quelqu'un est entré par les souterrains.

L'ONCLE.

Il faut que ce soit notre sœur. J'ai reconnu son pas.

L'AÏEUL.

J'ai entendu marcher lentement.

LE PÈRE.

Elle est entrée très doucement.

L'ONCLE.

Elle sait qu'il y a un malade.

L'AÏEUL.

Je n'entends plus rien maintenant.

L'ONCLE.

Elle montera immédiatement, on lui dira que nous sommes ici.

LE PÈRE.

Je suis heureux qu'elle soit venue.

L'ONCLE.

J'étais sûr qu'elle viendrait ce soir.

L'AÏEUL.

Elle tarde bien à monter.

L'ONCLE.

Il faut cependant que ce soit elle.

LE PÈRE.

Nous n'attendons pas d'autres visites.

L'AÏEUL.

Je n'entends aucun bruit dans les souterrains.

LE PÈRE.

Je vais appeler la servante ; nous saurons à quoi nous en tenir.

Il tire an cordon de sonnette.

L'AÏEUL.

J'entends déjà du bruit dans l'escalier.

LE PÈRE.

C'est la servante qui monte.

L'AÏEUL.

Il me semble qu'elle n'est pas seule.

LE PÈRE.

Elle monte lentement…

L'AÏEUL.

J'entends les pas de votre sœur !

LE PÈRE.

Je n'entends, moi, que la servante.

L'AÏEUL.

C'est votre sœur ! c'est votre sœur !

On frappe à la petite porte.

L'ONCLE.

Elle frappe à la porte de l'escalier dérobé.

LE PÈRE.

Je vais ouvrir moi-même, parce que cette petite porte fait trop de bruit ; elle ne sert que lorsqu'on veut entrer dans la chambre sans qu'on s'en aperçoive. Il entr'ouvre la petite porte ; la servante reste dehors, dans l'entre-bâillement. Où êtes-vous ?

LA SERVANTE.

Ici, Monsieur.

L'AÏEUL.

Votre sœur est à la porte ?

L'ONCLE.

Je ne vois que la servante.

LE PÈRE.

Il n'y a que la servante. À la servante. Qui est-ce qui est entré dans la maison ?

30

LA SERVANTE.

Entré dans la maison ?

LE PÈRE.

Oui, quelqu'un est venu tout à l'heure ?

LA SERVANTE.

Personne n'est venu, Monsieur.

L'AÏEUL.

Qui est-ce qui soupire ainsi ?

L'ONCLE.

C'est la servante, elle est essoufflée.

L'AÏEUL.

Est-ce qu'elle pleure ?

L'ONCLE.

Mais non ; pourquoi pleurerait-elle ?

LE PÈRE, *à la servante.*

Quelqu'un n'est pas entré, tout à l'heure ?

LA SERVANTE.

Mais non, Monsieur.

LE PÈRE.

Mais nous avons entendu ouvrir la porte !

LA SERVANTE.

C'est moi qui ai fermé la porte.

LE PÈRE.

Elle était ouverte ?

LA SERVANTE.

Oui, Monsieur.

LE PÈRE.

Pourquoi était-elle ouverte, à cette heure ?

LA SERVANTE.

Je ne sais pas, Monsieur, moi je l'avais fermée.

LE PÈRE.

Mais alors, qui est-ce qui l'a ouverte ?

LA SERVANTE.

Je ne sais pas, Monsieur, il faut que quelqu'un soit sorti après moi…

LE PÈRE.

Il faut faire attention. — Mais ne poussez donc pas la porte ; vous savez bien qu'elle fait du bruit !

LA SERVANTE.

Mais, Monsieur, je ne touche pas à la porte.

LE PÈRE.

Mais si vous poussez comme si vous vouliez entrer dans la chambre !

LA SERVANTE.

Mais, Monsieur, je suis à trois pas de la porte !

LE PÈRE.

Parlez un peu moins haut.

L'AÏEUL.

Est-ce qu'on éteint la lumière ?

LA FILLE AÎNÉE.

Mais non, grand-père.

L'AÏEUL.

Il me semble qu'il fait noir tout à coup.

LE PÈRE, *à la servante.*

Descendez, mais ne faites plus de bruit dans l'escalier.

LA SERVANTE.

Je n'ai pas fait de bruit.

LE PÈRE.

Je vous dis que vous avez fait du bruit ; descendez doucement ; vous éveilleriez Madame.

Et s'il venait quelqu'un, dites que nous n'y sommes pas.

L'ONCLE.

Oui, dites que nous n'y sommes pas.

L'AÏEUL, *tressaillant.*

Il ne fallait pas dire cela !

LE PÈRE.

… Si ce n'est pour ma sœur et pour le médecin.

L'ONCLE.

À quelle heure le médecin viendra-t-il ?

LE PÈRE.

Il ne pourra pas venir avant minuit.

> Il ferme la porte. On entend sonner onze heures

L'AÏEUL.

Elle est entrée ?

LE PÈRE.

Qui donc ?

L'AÏEUL.

La servante ?

LE PÈRE.

Mais non, elle est descendue.

L'AÏEUL.

Je croyais qu'elle s'était assise à la table.

L'ONCLE.

La servante ?

L'AÏEUL.

Oui.

L'ONCLE.

Il ne manquerait plus que cela !

L'AÏEUL.

Personne n'est entré dans la chambre ?

LE PÈRE.

Mais non, personne n'est entré.

L'AÏEUL.

Et votre sœur n'est pas ici ?

L'ONCLE.

Notre sœur n'est pas venue.

L'AÏEUL.

Vous voulez me tromper !

L'ONCLE.

Vous tromper ?

L'AÏEUL.

Ursule, dis-moi la vérité, pour l'amour de Dieu !

LA FILLE AÎNÉE.

Grand-père ! grand-père ! qu'est-ce que vous avez ?

L'AÏEUL.

Il est arrivé quelque chose ! Je suis sûr que ma fille est plus mal !…

L'ONCLE.

Est-ce que vous rêvez ?

L'AÏEUL.

Vous ne voulez pas me le dire !… Je vois bien qu'il y a quelque chose !…

L'ONCLE.

En ce cas, vous voyez mieux que nous.

L'AÏEUL.

Ursule, dis-moi la vérité !

LA FILLE.

Mais on vous dit la vérité, grand-père !

L'AÏEUL.

Tu n'as pas ta voix ordinaire !

LE PÈRE.

C'est parce que vous l'effrayez.

L'AÏEUL.

Votre voix est changée, elle aussi !

LE PÈRE.

Mais vous devenez fou !

Lui et l'oncle se font des signes d'intelligence,
pour se persuader que l'aïeul a perdu la raison.

L'AÏEUL.

J'entends bien que vous avez peur !

LE PÈRE.

Mais de quoi donc aurions-nous peur ?

L'AÏEUL.

Pourquoi voulez-vous me tromper ?

L'ONCLE.

Qui est-ce qui songe à vous tromper ?

L'AÏEUL.

Pourquoi avez-vous éteint la lumière ?

L'ONCLE.

Mais on n'a pas éteint la lumière ; il fait aussi clair qu'auparavant.

LA FILLE.

Il me semble que la lampe a baissé.

LE PÈRE.

J'y vois aussi clair que d'habitude.

L'AÏEUL.

J'ai des meules de moulin sur les yeux ! Mes filles, dites-moi donc ce qui arrive ici ! dites-le-moi pour l'amour de Dieu, vous autres qui voyez ! Je suis ici, tout seul, dans les ténèbres sans fin ! Je ne sais pas qui vient s'asseoir à côté de moi ! Je ne sais plus ce qui se passe à deux pas de moi !… Pourquoi parliez-vous à voix basse, tout à l'heure ?

LE PÈRE.

Personne n'a parlé à voix basse.

L'AÏEUL.

Vous avez parlé à voix basse, près de la porte.

LE PÈRE.

Vous avez entendu tout ce que j'ai dit.

L'AÏEUL.

Vous avez introduit quelqu'un dans la chambre ?

LE PÈRE.

Mais je vous dis que personne n'est entré !

L'AÏEUL.

Est-ce votre sœur ou un prêtre ? — Il ne faut pas essayer de me tromper. — Ursule, qui est-ce qui est entré ?

LA FILLE.

Personne, grand-père.

L'AÏEUL.

Il ne faut pas essayer de me tromper ; je sais ce que je sais ! — Combien sommes-nous ici !

LA FILLE.

Nous sommes six autour de la table, grand-père.

L'AÏEUL.

Vous êtes tous autour de la table ?

LA FILLE.

Oui, grand-père.

L'AÏEUL.

Vous êtes là, Paul ?

LE PÈRE.

Oui.

L'AÏEUL.

Vous êtes là, Olivier ?

L'ONCLE.

Mais oui ; mais oui ; je suis ici, à ma place ordinaire. Ce n'est pas sérieux, n'est-ce pas ?

L'AÏEUL.

Tu es là, Geneviève ?

UNE DES FILLES.

Oui, grand-père.

L'AÏEUL.

Tu es là, Gertrude ?

UNE AUTRE FILLE.

Oui, grand-père.

L'AÏEUL.

Tu es ici, Ursule ?

LA FILLE AÎNÉE.

Oui, grand-père, à côté de vous.

L'AÏEUL.

Et qui est-ce qui est assis là ?

42

LA FILLE.

Où donc, grand-père ? Il n'y a personne.

L'AÏEUL.

Là, là, au milieu de nous ?

LA FILLE.

Mais il n'y a personne, grand-père !

LE PÈRE.

On vous dit qu'il n'y a personne !

L'AÏEUL.

Mais vous ne voyez pas, vous autres !

L'ONCLE.

Voyons, vous voulez rire ?

L'AÏEUL.

Je n'ai pas envie de rire, je vous assure.

L'ONCLE.

Alors, croyez-en ceux qui voient.

L'AÏEUL, *indécis.*

Je croyais qu'il y avait quelqu'un… Je crois que je ne vivrai plus longtemps…

L'ONCLE.

Pourquoi irions-nous vous tromper ? à quoi cela servirait-il ?

LE PÈRE.

Il faudrait bien vous dire la vérité.

L'ONCLE.

À quoi bon se tromper mutuellement ?

LE PÈRE.

Vous ne pourriez vivre longtemps dans l'erreur.

L'AÏEUL, *essayant de se lever.*

Je voudrais percer ces ténèbres !…

LE PÈRE.

Où voulez-vous aller ?

L'AÏEUL.

De ce côté là…

LE PÈRE.

Ne vous troublez pas ainsi…

L'ONCLE.

Vous êtes étrange ce soir.

L'AÏEUL.

C'est vous autres qui me semblez étranges !

LE PÈRE.

Que cherchez-vous ainsi ?…

L'AÏEUL.

Je ne sais pas ce que j'ai !

LA FILLE AÎNÉE.

Grand-père, grand-père, que vous faut-il, grand-père !

L'AÏEUL.

Donnez-moi vos petites mains, mes filles.

LES TROIS FILLES.

Oui, grand-père.

L'AÏEUL.

Pourquoi tremblez-vous toutes les trois, mes filles ?

LA FILLE AÎNÉE.

Nous ne tremblons presque pas, grand-père.

L'AÏEUL.

Je crois que vous êtes pales toutes les trois.

LA FILLE AÎNÉE.

Il est tard, grand-père, et nous sommes fatiguées.

LE PÈRE.

Il faudrait aller vous coucher et grand-père aussi ferait mieux de prendre un peu de repos.

L'AÏEUL.

Je ne pourrais pas dormir cette nuit !

L'ONCLE.

Nous attendrons le médecin.

L'AÏEUL.

Préparez-moi à la vérité !

L'ONCLE.

Mais il n'y a pas de vérité !

L'AÏEUL.

Alors, je ne sais pas ce qu'il y a !

L'ONCLE.

Je vous dis qu'il n'y a rien du tout !

L'AÏEUL.

Je voudrais voir ma pauvre fille !

LE PÈRE.

Mais vous savez bien que c'est impossible ; il ne faut pas l'éveiller inutilement.

L'ONCLE.

Vous la verrez demain.

L'AÏEUL.

On n'entend aucun bruit dans sa chambre.

L'ONCLE.

Je serais inquiet si j'entendais du bruit.

L'AÏEUL.

Il y a bien longtemps que je n'ai vu ma fille !… je lui ai pris les mains hier au soir et je ne la voyais pas !… Je ne sais plus ce qu'elle devient… Je ne sais plus comment elle est… Je ne connais plus son visage… Elle doit être changée depuis ces semaines !… J'ai senti les petits os de ses joues sous mes mains… Il n'y a plus que les ténèbres entre elle et moi, et vous tous !… Je ne peux plus vivre ainsi… ce n'est pas vivre cela !… Vous êtes là, tous, les yeux ouverts à regarder mes yeux morts, et pas un de vous n'a pitié !… Je ne sais pas ce que j'ai… on ne dit jamais ce qu'il faudrait dire… et tout est effrayant lorsqu'on y songe… Mais pourquoi ne parlez-vous plus ?

L'ONCLE.

Que voulez-vous que nous disions, puisque vous ne voulez pas nous croire ?

L'AÏEUL.

Vous avez peur de vous trahir !

LE PÈRE.

Mais soyez donc raisonnable, à la fin !

L'AÏEUL.

Il y a longtemps que l'on me cache quelque chose !... Il s'est passé quelque chose dans la maison... Mais je commence à comprendre maintenant... Il y a trop longtemps qu'on me trompe ! — Vous croyez donc que je ne saurai jamais rien ? — Il y a des moments où je suis moins aveugle que vous, vous savez ?... Est-ce que je ne vous entends pas chuchoter, depuis des jours et des jours, comme si vous étiez dans la maison d'un pendu ? — Je n'ose pas dire ce que je sais ce soir... Mais je saurai la vérité !... J'attendrai que vous disiez la vérité ; mais il y a longtemps que je la sais, malgré vous ! Et maintenant, je sens que vous êtes tous plus pâles que des morts !

LES TROIS FILLES.

Grand-père ! grand-père ! qu'avez-vous donc, grand-père ?

L'AÏEUL.

Ce n'est pas de vous que je parle, mes filles, non, ce n'est pas de vous que je parle... Je sais bien que vous m'apprendriez la vérité, s'ils n'étaient pas autour de vous !... Et d'ailleurs je suis sûr qu'ils vous trompent aussi… Vous verrez, mes filles, vous verrez !… Est-ce que je ne vous entends pas sangloter toutes les trois ?

LE PÈRE.

Est-ce que, vraiment, ma femme est en danger ?

L'AÏEUL.

Il ne faut plus essayer de me tromper ; il est trop tard maintenant, et je sais la vérité mieux que vous !…

L'ONCLE.

Mais enfin, nous ne sommes pas aveugles, nous !

LE PÈRE.

Voulez-vous entrer dans la chambre de votre fille ? Il y a ici un malentendu et une erreur qui doivent finir. Voulez-vous ?

L'AÏEUL, *subitement indécis.*

Non ; non, pas maintenant… pas encore…

L'ONCLE.

Vous voyez bien que vous n'êtes pas raisonnable.

L'AÏEUL.

On ne sait jamais tout ce qu'un homme n'a pas pu dire dans sa vie !… — Qui est-ce qui fait ce bruit ?

LA FILLE AÎNÉE.

C'est la lampe qui palpite ainsi, grand-père.

L'AÏEUL.

Il me semble qu'elle est bien inquiète… bien inquiète…

LA FILLE.

C'est le vent froid qui la tourmente…

L'ONCLE.

Il n'y a pas de vent froid, les fenêtres sont fermées.

LA FILLE.

Je crois qu'elle va s'éteindre.

LE PÈRE.

Il n'y a plus d'huile.

LA FILLE.

Elle s'éteint tout à fait.

LE PÈRE.

Nous ne pouvons pas rester ainsi dans les ténèbres.

L'ONCLE.

Pourquoi pas ? J'y suis déjà habitué.

LE PÈRE.

Il y a de la lumière dans la chambre de ma femme.

L'ONCLE.

Nous en prendrons tout à l'heure quand le médecin sera venu.

LE PÈRE.

Il est vrai qu'on y voit assez ; il y a la clarté du dehors.

L'AÏEUL.

Est-ce qu'il fait clair dehors ?

LE PÈRE.

Plus clair qu'ici.

L'ONCLE.

Moi, j'aime autant causer dans l'obscurité.

LE PÈRE.

Moi aussi.

Silence…

L'AÏEUL.

Il me semble que l'horloge fait bien du bruit !…

LA FILLE AÎNÉE.

C'est qu'on ne parle plus, grand-père.

L'AÏEUL.

Mais pourquoi vous taisez-vous tous ?

L'ONCLE.

De quoi voulez-vous que nous parlions ? — Vous n'êtes pas sérieux ce soir.

L'AÏEUL.

Est-ce qu'il fait très noir dans la chambre ?

L'ONCLE.

53

Il n'y fait pas très clair.

Silence.

L'AÏEUL.

Je ne me sens pas bien, Ursule ; ouvre un peu la fenêtre.

LE PÈRE.

Oui, ma fille, ouvre un peu la fenêtre ; je commence à avoir besoin d'air, moi aussi.

La fille ouvre la fenêtre.

L'ONCLE.

Je crois positivement que nous sommes restés enfermés trop longtemps.

L'AÏEUL.

Est-ce que la fenêtre est ouverte ?

LA FILLE.

Oui, grand-père, elle est grande ouverte.

L'AÏEUL.

On ne dirait pas qu'elle est ouverte ; il ne vient aucun bruit du dehors.

54

LA FILLE.

Non, grand-père, il n'y a pas le moindre bruit.

LE PÈRE.

Il y a un silence extraordinaire.

LA FILLE.

On entendrait marcher un ange.

L'ONCLE.

Voilà pourquoi je n'aime pas la campagne.

L'AÏEUL.

Je voudrais entendre un peu de bruit. Quelle heure est-il, Ursule ?

LA FILLE.

Minuit bientôt, grand-père.
  Ici l'Oncle se met à marcher de long en large dans la chambre.

L'AÏEUL.

Qui est-ce qui marche ainsi, autour de nous ?

L'ONCLE.

C'est moi, c'est moi, n'ayez pas peur. J'éprouve le besoin de marcher un peu. Silence. — Mais je vais me rasseoir ; — je ne vois pas où je vais.

Silence.

L'AÏEUL.

Je voudrais être ailleurs !

LA FILLE.

Où voudriez-vous aller, grand-père ?

L'AÏEUL.

Je ne sais pas où — dans une autre chambre, n'importe où ! n'importe où !

LE PÈRE.

Où irions-nous ?

L'ONCLE.

Il est trop tard pour aller ailleurs.

Silence. Ils sont assis, immobiles, autour de la table.

L'AÏEUL.

Qu'est-ce que j'entends, Ursule ?

56

LA FILLE.

Rien, grand-père, ce sont des feuilles qui tombent ; oui, ce sont des feuilles qui tombent sur la terrasse.

L'AÏEUL.

Va fermer la fenêtre, Ursule.

LA FILLE.

Oui, grand-père.

Elle ferme la fenêtre et revient s'asseoir.

L'AÏEUL.

J'ai froid. Silence. Les trois sœurs s'embrassent. Qu'est-ce que j'entends maintenant.

LE PÈRE.

Ce sont les trois sœurs qui s'embrassent.

L'ONCLE.

Il me semble qu'elles sont bien pàles, ce soir.

Silence.

L'AÏEUL.

Qu'est-ce que j'entends encore ?

LA FILLE.

Rien, grand-père ; ce sont mes mains que j'ai jointes.

Silence.

L'AÏEUL.

Et ceci ?…

LA FILLE.

Je ne sais pas, grand-père… peut-être mes sœurs qui tremblent un peu ?

L'AÏEUL.

J'ai peur aussi, mes filles.

> Ici un rayon de lune pénètre par un coin des vitraux et répand, çà et là, quelques lueurs étranges dans la chambre. Minuit sonne et, au dernier coup, il semble, à certains, qu'on entende, très vaguement, un bruit comme de quelqu'un qui se lèverait en toute hâte.

L'AÏEUL, *tressaillant d'une épouvante spéciale.*

Qui est-ce qui s'est levé ?

L'ONCLE.

On ne s'est pas levé !

LE PÈRE.

Je ne me suis pas levé !

LES TROIS FILLES.

Moi non plus ! — Moi non plus ! — Moi non plus !

L'AÏEUL.

Il y a quelqu'un qui s'est levé de table !

L'ONCLE.

La lumière !…

> Ici on entend tout à coup un vagissement d'épouvante, à droite, dans la chambre de l'enfant ; et ce vagissement continue avec des gradations de terreur, jusqu'à la fin de la scéne.

LE PÈRE.

Écoutez l'enfant !

L'ONCLE.

Il n'a jamais pleuré !

LE PÈRE.

Allons voir !

L'ONCLE.

La lumière ! la lumière !

> À ce moment, on entend courir à pas précipités et sourds dans la chambre de gauche. — Ensuite, un silence de mort. — Ils écoutent dans une muette terreur, jusqu'à ce que la porte de cette chambre s'ouvre lentement, la clarté de la pièce voisine s'irrue dans la salle, et la *Sœur de Charité* paraît sur le seuil, en ses vêtements noirs, et s'incline en faisant le signe de la croix, pour annoncer la mort de la femme. Ils comprennent, et, après un moment d'indécision et d'effroi, entrent en silence dans la chambre mortuaire, tandis que l'Oncle, sur le pas de la porte, s'efface poliment, pour laisser passer les trois jeunes filles. L'aveugle, resté seul, se lève et s'agite, à tâtons, autour de la table, dans les ténèbres.

L'AÏEUL.

Où allez-vous ? — Où allez-vous ? — Elles m'ont laissé tout seul !

FIN